AF360659

L'Arc-en-Ciel

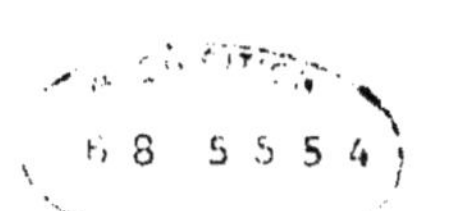

Il a été tiré de cet ouvrage
trois cent cinquante exemplaires
numérotés et paraphés par l'auteur

N° 122 

Henri Deberly

L'Arc-en-Ciel

Chez l'Auteur
21bis Avenue de la Motte-Picquet
PARIS

PARVA DOMUS

Dans le profond décor du jardin centenaire,
La tranquille maison pleine de souvenirs
Prend un aspect frileux, satisfait, sans désirs,
D'aïeule à l'esprit fin qui sait qu'on la vénère.

C'est d'un paisible pas qu'autour d'elle l'on erre ;
Un banc, près de la porte, invite aux doux loisirs ;
Une viorne lente où se jouent les zéphyrs
Du seuil hospitalier monte au toit débonnaire.

Ceux qui, depuis cent ans, dans cet abri sont nés
Ont chéri la douceur des horizons bornés
Et vu se dérouler honnêtement leur vie.

Toi qui passes, tenant dans ta robuste main
Le bâton qui te sert à frapper ton chemin,
Entre, la table est prête et la boisson servie !

LA SERVANTE

Tu m'as dit : « Puisque las à tout jamais des villes
Il te plait de quitter ce décevant Paris,
Emmène-moi : là-bas, quand je t'aurai repris,
Nous vivrons, mon amour, meilleurs et plus tranquilles.

« Si tu jugeais mes soins à ton rêve inutiles,
L'ennui viendrait bientôt te rappeler leur prix.
Tu ne m'entendras pas : en trottant, la souris
Fait plus de bruit vraiment que mes petons agiles.

« Te sachant dénué de pratique raison,
J'ordonnerai pour toi la cour et la maison ;
Je me constituerai ta première servante :

« Et le merveilleux vin que tu me verseras,
M'engourdissant le soir, dès l'aurore suivante
Doublera pour l'effort la vigueur de mes bras ! »

CANICULE

Toutes les voix se sont tues,
Et les coups du pic rageur ;
L'ombre, des cimes touffues,
Tombe en nappe de fraîcheur.

Bourdonnante et jamais lasse,
L'abeille au corselet brun
Rejoint, butine et dépasse
Les calices un par un.

D'une eau vive, sur la pierre,
Le filet éblouissant,
Comme un serpent de lumière,
Sans tumulte va glissant.

Le hamac où se balance
Mon corps souffrant de l'été
Trouble à peine le silence
De ce bocage enchanté.

INVOCATION

Te voici, Lâcheté, ma douce conseillère,
Découvre un peu ton sein que j'y pose mon front
Et, de tes doigts légers, libère le flot blond
De cette magnifique et pesante crinière.

Tout aujourd'hui, je veux que ta voix singulière
Exalte la montagne avec le ciel profond,
Chante à la fois la source, et la neige qui fond,
Et la branche, et la fleur, et l'ombre, et la lumière.

Dis-moi de quel arome est flatté le palais
Quand la langue retient un vin que l'on boit frais ;
Parle-moi d'un beau corps tordu de chaude envie.

Inspire-moi l'horreur du courage guerrier,
L'amour du myrte doux, le mépris du laurier :
Enfin, rattache-moi fortement à la vie !

RÊVERIE SOUS LA TONNELLE

Vraiment, je hais plutôt ces esprits vagabonds
Pour qui les proches biens sont les moins chérissables
Et qui, donnant le branle à des corps inlassables,
Du pôle à l'équateur précipitent leurs bonds.

Le vain désir de voir, en d'arides Gabons,
Leur fait braver la soif, et la fièvre, et les sables,
Et, dans l'Hindoustani, tenir pour méprisables,
Ange affreux de la mort, ô Peste, tes bubons.

Moi qui du monde entier ne connais qu'une terre,
J'épuiserai mes jours à louer solitaire
Le généreux destin qui m'y sut oublier.

La goyave, là-bas, tente la lèvre ardente :
Vaudra-t-elle jamais dans sa douceur fondante
La pêche qui, chez nous, mûrit sur l'espalier ?

SOIR

Écoute, un vent léger fait bruire la feuille.
Entends-tu notre chien plaintivement gémir ?
Ayant chanté le soir, l'oiseau va s'endormir ;
Le moindre bruit des champs, l'oreille le recueille.

Est-ce ta chevelure, est-ce le chèvrefeuille
Ou la mourante rose avant de se flétrir
Qui répand ce parfum lent à s'évanouir ?
Pour s'y fondre, il suffit que notre amour le veuille.

Des lointaines maisons abandonnant les toits,
Ce qui fut la clarté fuit au sommet des bois.
Ferme les yeux, mon ange, oublions, ma colombe !

La nuit nous guette, avec le farouche baiser
Qui, nous ayant rompus, nous fera reposer
Dans un silence égal à celui de la tombe.

LA FONTAINE D'ALNY

Alny, fraîche fontaine, au creux où l'herbe pousse
Abandonnée, ainsi qu'un miroir dans la mousse,
    Tu reflétais un front bien pur
Quand cet enfant chétif et précocement sage
Interposait l'écran de son jeune visage
    Entre ta surface et l'azur !

Le bouleau, devant lui, le coudre, honneur des sentes,
Sur ta rive écartait ses branches fléchissantes ;
    Près des roseaux minces, dardés,
Dont s'épuisait la touffe aux lents feux de l'automne,
Des feuilles dessinaient une rousse couronne
    Autour de ses cheveux ondés.

Accoutumée aux bonds des pâtres noirs et souples,
Docile à réfléchir le rude aspect des couples
    Qui s'étreignaient en ce beau lieu,
Tu doutais si, brûlant d'une fureur champêtre,
Deux mortels amoureux avaient formé cet être
    Ou s'il était le fils d'un dieu !

JADIS

Ma mère, dans mes yeux, chérissait la langueur
Dont le rêve et la vie avaient noyé son cœur
Et gravement, c'était, de ses lèvres altières,
Son mal qu'elle baisait sur mes larges paupières.
Dans un âge où l'espoir sans cesse refleurit,
Pleine du lent regret de son jeune mari
Et toujours tout son corps vêtu de sombres voiles,
Elle menait sa peine aux rayons des étoiles,
Heureuse qu'un soupir de la brise d'été
Rythmât, de ses sanglots, la sourde volupté
Et que le noir feuillage épandît sur sa tempe
Le froid des lieux où l'ombre éternellement rampe.

PORTRAIT D'ANCÊTRE

Non sans fierté, dans l'Inde où bout un air torride,
Puis sous ton ciel foncé, paresseuse Bourbon,
Je l'évoque, ce rude aïeul qui, du bâton,
Régnait injustement sur un troupeau stupide.

Un portrait me le montre, adulte, entre ses chiens,
Le front large et brûlé sous une immense paille ;
Sa stature devait correspondre à ma taille
Et j'ai, dans mes clairs yeux, tout le regard des siens.

Lorqu'aux plantations de maïs ou de cannes,
Parmi les travailleurs, il menait son pas lent,
J'imagine ceux-ci, sous le poing lourd du blanc,
Courbant avec terreur un front chargé d'arcanes.

Autour de lui montaient les plaintes et les vœux
Sans qu'un muscle bronchât de son orgueilleux masque;
Créole languissante, adorable et fantasque,
Éclatante de teint et sombre de cheveux,

Son épouse, vêtue uniquement de ruches,
Au col un noir velours soulignant sa pâleur,
Flagellait de ses mains des filles de couleur
Pour, de leurs cris affreux, étourdir ses perruches.

AUTRE PORTRAIT

Plus brillant que bengali
En ce cadre d'or joli
Et de forme surannée,
Celui-ci connut la Cour
Et sept ans vécut autour
De la reine infortunée.

Son front a, poli, bénin,
L'éclat d'un front féminin
Et sa neigeuse perruque,
A chaque tempe ondoyant,
Par un grand nœud chatoyant
Se termine sur la nuque.

Inintelligent et doux,
Son œil, entre des cils roux,
Tout chargé d'azur, vous touche ;
Son sourire est indiscret,
Son teint rose, l'on voudrait
Près de sa lèvre une mouche.

Un bel habit de drap blanc
Moule son buste troublant
Tel celui d'un androgyne :
Sous le plastron bleu-de-roi,
Fière Espit, tendre Belloy,
Quelle était donc sa poitrine ?

La taille est ronde, le gant
Soutient d'un geste élégant
La coquille de l'épée ;
Riche d'ornements divers,
L'étroite botte à revers
D'un pied mince est occupée.

Au bord du cadre, un blason
Vient rappeler la maison
De cette ombre occidentale :
Une merlette s'enfuit,
Un massacre de cerf luit
Sous la couronne comtale.

Traits menus, prunelle en fleur,
Bouche à la fraîche couleur,
Menton troué de fossettes,
Dans les brocarts, les satins,
Visage aimé des catins
Et chéri des marquisettes,

De ces fabuleux excès
Où le plus beau sang français
Honora la guillotine,
Le souvenir n'a-t-il pas
Altéré jusqu'au trépas
Votre expression mutine ?

Avez-vous pu sans pâlir
Voir une hache abolir
Les jours dorés de Lamballe
Et la vive Dubarry
Tendre au bourreau, sans un cri,
Sa tête presque royale ;

Mille galants freluquets,
A pas pressés et coquets,
Gravir l'échafaud sinistre ;
Cent abbés, se relayant,
Chanter l'office effrayant
Dont Samson fut le ministre ?

Put-elle ouïr un autre bruit,
Cette oreille au ton de fruit
Où vibra la sourde antienne ?
Et n'est-ce pas, beaux yeux sots,
Devant les affreux sursauts
Qu'eut en mourant l'Autrichienne

Que, pour la première fois,
Discernant au front des rois
L'astre glacé des misères,
Vous avez, dans le linon
Brodé d'un mouchoir mignon,
Versé des larmes sincères ?

SUR UNE IMAGE

Si la mort au berceau n'avait tranché tes jours,
Tu serais, ô ma sœur, de deux ans mon aînée,
Déjà, sous le soleil des chrétiennes amours,
Evoluerait, ma sœur, ta simple destinée.

Je t'imagine avec une robe bleu-paon
Qu'un piquet d'œillets soufre à la ceinture éclaire ;
Ton chignon, relevé de quelque blanc ruban,
Sombre, rappellerait celui de notre mère.

Hélas ! je n'ai de toi qu'un portrait si flétri
Qu'à peine y peut-on voir un semblant de figure :
C'est celui d'une enfant qui légèrement rit
En tenant son pied nu dans sa menotte obscure.

LE BONHEUR PRUDENT

L'eau dormante en filigrane
Porte l'ombre d'un roseau :
Notre vie est aussi plane,
Aussi calme que cette eau.

Rien de gai ne nous arrive
Et rien de triste non plus,
Aucun désir ne ravive
En nous des maux superflus.

Nous errons dans les soirs roses,
Nous goûtons l'odeur du vent,
Ou bien tu cueilles des roses
Et moi je fume en rêvant.

Va, le destin nous oublie,
Tenons-nous muets et cois :
Ce serait grande folie
Que de tenter son carquois !

DU RIVAGE

Vaisseau chargé de fer, tu t'en vas vers cette Inde
Sous la Ligne assoupie en son superbe éclat,
Pays prestigieux des Damis au nez plat
Qu'évente avec respect quelque jaune Clorinde.

Déjà, dans ta mâture où le mousse se guinde,
Sifflent le vœu d'un ciel et l'adieu d'un climat ;
Tu gémis, le foc s'enfle, et la mer qui te bat
Ta proue au chef orné comme un glaive la scinde.

Des jours s'écouleront, navire, et bien des jours
Devant que sur ton ancre, en de tièdes séjours,
Tu contemples l'orgueil des ports chargés de jonques.

Et qui sait si bientôt, levé sur ton chemin,
Quelque ouragan stupide, en soufflant dans ses conques,
Ne mettra, par caprice, un terme à ton destin ?

LA DIGNE ATTENTE

Quand douze fois l'avril aura garni les branches
Tu prendras seulement l'âge qu'aujourd'hui j'ai,
Mais alors mon visage aura beaucoup changé,
Déjà, sous le chapeau, mes tempes seront blanches.

Il ne sera plus temps de cueillir des pervenches !
Ce front, d'enthousiasme et de rèves chargé,
Ou bien tu le verras de lauriers ombragé,
Ou bien, lassé de vivre, enfin mûr pour les planches.

Après vingt ans d'efforts, l'homme au repos a droit;
Si la gloire s'obstine à refuser mon toit,
J'aurai du moins l'honneur de l'avoir attendue :

Et non pas à genoux, l'œil noyé, comme tant
De pieux faquins chez qui je la vois descendue,
Mais droit, la lèvre altière et le regard distant.

CONSEIL A L'AMOUR

Amour, lorsque ma lèvre en ta jeune toison
Cherchait à prolonger des instants misérables,
Mon cœur, troublé par toi, ne jugeait désirables
Ni le repos des champs, ni la sage raison.

L'hymne que tu fais naître était son oraison,
A tous émois, les tiens lui semblaient préférables
Et ses attachements étaient si peu durables
Qu'il en fallait plus d'un pour combler sa saison.

Or, vois comme il se rit aujourd'hui de tes charmes !
Laisse, méchant enfant, laisse tomber tes armes :
Ta flèche ou se romprait, ou manquerait son but.

Ici, l'œil apaisé peut flâner sans surprise,
L'ordre règne, et la coupe où gravement l'on but
La main ne la rejette et la dent ne la brise.

ÉPIGRAMME

Brune Lœtitia, qui charmais le poète
Quand la Corse odorante était son doux séjour,
Qui, de tes belles mains lui caressant la tête,
L'appelais ton moineau, ton merle ou ton vautour ;

Qui, sur son front, mêlais en couronne légère
            Le myrte et le jasmin,
Le feuillage éternel et la fleur passagère,
Lui disant : « Le laurier, tu le ceindras demain ! »

Par-dessus la campagne où le rustique sème
Et la mer où l'on voit le matelot ramer,
Reçois pour tes enfants, ton époux et toi-même
Le salut de celui qui crut un jour t'aimer !

LA BELLE ESPIÈGLE

O matins de Paris, que je me remémore
    Votre ardente et saine gaîté !
Voici, voici la rue animée et sonore
    Sous un ciel vibrant de clarté.

Gestes, parfums légers, regards dont j'étais dupe,
    Beaux rires doux, enchantement...
Je te suivais, modiste, et sous ta simple jupe
    Je devinais ton corps charmant.

L'avril, ainsi qu'un flot, nous roula dans sa gloire,
    Lassés, mais jamais apaisés ;
L'argent n'était pour nous qu'un très mince accessoire :
    Nous vivions surtout de baisers !

Ah ! ces chambres, modiste ! Au fond d'une cour triste,
    Dans un vilain quartier du nord,
Ces chambres sans lumière, ah ! ces chambres, modiste,
    Où notre bel amour est mort !

Tu dois vivre aujourd'hui, maîtresse ou mercenaire,
        Chez quelque barbon chauve et gras :
Si je te rencontrais, pauvre quadragénaire,
        Je ne te reconnaîtrais pas...

Les matins de Paris où le bonheur circule
        Nous avaient unis et liés,
Mais tu riais vraiment trop fort au crépuscule :
        Les soirs nous ont dissociés.

SOUVENIR DE LIA

Tu dansais sur la scène, en quelque Olympia,
Lorsque je t'ai chérie au temps de ma jeunesse ;
Un pampre enguirlandait ce masque de faunesse
Où luisaient tes grands yeux noircis de sépia.

Ton sein passait la neige et ta lèvre, Lia,
Le fruit le plus brillant qui du cerisier naisse ;
Ta joue, il sied ce soir que je la reconnaisse
Dans le pétale épais du pur camélia.

Soupirer sur ton cœur et te vouer ma vie,
Je ne concevais pas de plus superbe envie ;
Mais alors j'étais pauvre, un Turc eut tes faveurs :

Puissent l'odeur de bouc que répandait sa barbe,
Ses répugnants baisers et ses lourdes ferveurs
Avoir produit sur toi l'effet de la rhubarbe !

MÉDITATION ÉGOÏSTE

Dans ma mémoire, hélas ! quels visages vous faites,
Vous dont mes jeunes pas suivaient les pas lassés !
Vos yeux se sont éteints, vos corps se sont tassés,
Je vous ai trop connus, compagnons de mes fêtes !

Hermann, doux ignoré, toi qui chantas les bêtes,
Tu noyais dans le vin tes grands chagrins passés ;
Et toi, pauvre Cryon, toi que j'aimais assez,
Ne méprisais-tu pas l'amour et les poètes ?

O fantômes sans voix que cherche à retenir
L'esprit qui vous a dû ses premières alarmes,
Votre amitié déjà n'est plus que souvenir.

Artisan d'un bonheur qui peut ne point finir,
Je vous évoque, avec vos travers et vos charmes,
Et ne sais si vraiment vous méritez des larmes !

L'IMMORTELLE

O Sérénité,
Tout n'est que décombres,
Ruines sans beauté,
Dans ce cœur plein d'ombre !

Pour ne point mourir,
De quelle substance
Y peux-tu nourrir
Ta frêle existence ?

La fleur qui du roc
Jaillit sans prestige,
Il suffit d'un choc
Pour briser sa tige.

Bientôt, décrivant
Mainte parabole,
Elle suit le vent
Dans sa course folle.

Toi, lorsque ton front
Subit une injure,
Tu luis sous l'affront
Plus droite et plus pure !

EN MARS

Champ qu'un rustre en sabots chaque année ensemence,
Tantôt jetant le seigle, et tantôt le froment,
Et tantôt le sainfoin que tondra la jument,
Mars arrive et ta vie inquiète commence.

L'eau fera de la plaine un marécage immense,
La neige aggravera ton sublime tourment,
Des rafales déjà hurlent sinistrement
Et l'herbe croit mourir sous le ciel en démence.

Mais lorqu'enfin nos yeux te croiront dévasté,
Soudain tu reprendras, par un miracle étrange,
Le cours interrompu de ta prospérité ;

Et juillet bercera dans sa maturité,
Prête à subir la faulx, prête à combler la grange,
La moisson saine et lourde aux couleurs de l'été.

L'ÉTERNEL ENFANT

En vérité, stupide et divin tout ensemble,
Le poète qui vibre ainsi qu'une fleur tremble !

Un plaisir escompté rend son esprit joyeux ;
Le chagrin fait jaillir les larmes de ses yeux.

Pour un baiser reçu, le voilà qui s'enfièvre,
Pour un baiser donné, qui maudit une lèvre.

De la neige au printemps lui gâte la saison :
La fleur qui la reçoit l'exalte sans raison.

Voit-il un bel enfant, tout son cœur le réclame ;
Voit-il un être infirme, il déteste la femme.

Sa voix murmure : « Hélas ! la fortune me fuit ! »
Mais jusqu'à soixante ans sa jeunesse le suit.

Il meurt en bénissant la mort qui le délivre,
Sans même avoir connu la tristesse de vivre.

LE ROSIER

Ce rosier qui déjà cache à demi la pierre
N'était, voici deux ans, qu'un arbrisseau menu ;
Longtemps je l'ai cru mort : puis, le printemps venu,
Nous le vîmes, frileux, s'étendre à la lumière.

Il nous semblait alors plus vivace qu'un lierre.
Cette saison, pourtant, le laissa presque nu ;
Mais la suivante année, au long du mur grenu,
Fit de chaque rameau jaillir la rose altière.

Aujourd'hui, tant de fleurs couvrent ses verts surgeons
Que l'œil s'arrête à peine à l'espoir des bourgeons ;
L'épanouissement l'éblouit et l'enivre.

Ainsi de notre amour : à sa superbe loi,
Nous nous abandonnons, grisés du même émoi,
Sans chercher à savoir ce qu'il lui reste à vivre.

ENCOURAGEMENT

Classiques ou non, symbolistes
Ou parnassiens, sages et fous,
O mes pairs, nous finirons tous
Dans les casiers des bouquinistes.

Nous rimons pour les archivistes,
Pour les érudits, vieillards doux,
Pour que sous leur plume, après nous,
De nos noms s'allongent leurs listes.

Il faut le savoir et chanter,
Il faut s'en convaincre et prêter
Plus d'accent encore à nos lyres,

Afin que l'oubli juste et sot
Puisse ensevelir sous son flot
De plus magnifiques délires !

L'HOMME ISOLÉ

Un Martien tombé de sa rouge planète
Sur l'astre où sans espoir nous usons nos genoux
Ne s'y sentirait pas plus différent de tous
Que le cœur magnanime et que l'esprit honnête.

Si ta roue, ô Fortune, écrase le poète,
Nul parent n'en gémit; la foule aux gestes fous
Couvre, en le piétinant, de ses rires jaloux
Les plus sublimes cris que la douleur lui prête.

Ainsi se perpétue, en ses hontes égal,
Un monde où le plus vil règne en dieu sur le mal;
Que naisse la beauté, l'homme lui doit l'injure.

Penché sur son miroir, hâve, le poil déteint,
Il exècre du fond de sa lâche nature
Tout honneur et tout lustre où son effort n'atteint.

LA COLOMBE

La jeunesse française est morte et sur sa tombe
Un timide arbrisseau refuse de verdir ;
Une feuille, ô laurier, qu'on verrait resplendir
Justifierait, dit-on, l'effroyable hécatombe !

Pour moi qui sous la haine et le chagrin succombe,
Tu peux tout aussi bien prospérer et grandir,
Devenir un bois mort, te rompre ou te raidir :
Seul ce tombeau m'occupe où gémit la colombe.

Dans la plainte qu'exhale en expirant l'oiseau,
J'entends, mêlée au vent, au murmure de l'eau,
L'innocence de l'homme injustement frappée.

Que m'importent dès lors, arbre, et ton lendemain,
Et le mauvais honneur que peut valoir l'épée ?
Le malheur qui vient d'elle a seul un sens humain.

LE BEL EXEMPLE

En ce frais paysage où chante au loin la vigne,
Parmi nos cerisiers, nos fraisiers, nos cassis,
Serait-il point charmant et d'un autre âge digne
Que nous renouvelions Philémon et Baucis ?

Plus se tassait en eux la vieillesse inféconde,
Plus le désir de vivre emplissait leurs regards,
Et près d'un siècle entier s'écoula pour le monde
Sans désunir les mains de ces heureux vieillards.

LE SECRET DES SAGES

Poètes japonais qui viviez autrefois,
Pleins de calme raison, dans vos maisons légères,
Frêles magots bouffis, bibelots d'étagères,
Vous qui chantiez la mort en vous tournant les doigts ;

Qui, le soir, descendiez dans vos jonques de bois
Quelque fleuve paisible aux rives mensongères
Et, le matin, goûtiez les douceurs bocagères
Dans un jardin menu coupé de ponts étroits ;

Voluptueux vêtus de superbes étoffes,
J'ai lu dans le fracas des cités d'Occident
Vos poèmes plus courts que nos plus courtes strophes :

Je vous dois le bonheur de savourer l'instant
Et j'ai reçu de vous le secret, philosophes,
De conformer ma lèvre aux bruits du cœur battant.

LA MEILLEURE PART

Quand je vois la ville au loin s'éclairer,
Je goûte bien mieux la saveur profonde
Des jours que je coule isolé du monde,
Sans regretter rien, ni rien espérer.

Vous qui, chaque nuit, debout sur les tables,
Ivres de champagne et lourds de chansons,
Servez de guignol à vos échansons,
Cessez de me plaindre, amis charitables !

J'ai tari la coupe et n'ai rejeté
Ce cristal maudit que lorsque la fièvre,
Altérant mon corps et brûlant ma lèvre,
M'a fait désirer la pleine santé.

Voici que mes pas foulent des prairies,
Mes yeux reposés regardent des bœufs,
J'ai pris en dégoût les palais pompeux,
Ces humbles jardins sont mes Tuileries.

Je mourrai, Cryon, loin des cœurs jaloux,
Sans avoir revu ton charmant visage,
Car la solitude est le lot du sage
Et convient, mon cher, au trépas des loups !

NOVEMBRE

Mollement, tristement, l'averse bat la plaine,
Son fluide réseau tient l'horizon captif,
La feuille morte abonde en la morte fontaine,
Le tourtereau mouillé roucoule un chant plaintif.

Novembre, noir fourrier de l'hiver, quand la face
De chacun de tes jours se montre à mes carreaux,
Je sens mon cœur se fondre, et méprise l'audace,
Et vais goûter l'espoir aux portes des tombeaux.

APRÈS MOI

Lorsque je descendrai dans le sein de la terre,
Quelques rares amis, joignant leurs tristes mains,
Déploreront ma perte avec des mots humains,
Puis l'on dira de moi : « C'était un solitaire ! »

Toi seule auras des pleurs. Au bois plein de mystère,
A ces coteaux légers où mûrissent nos vins,
Tu confieras, pour eux levant ton voile austère,
Ta souffrance, sans cris désordonnés et vains.

Je t'accompagnerai dans ces lentes sorties,
Je serai dans le vent qui couche les orties,
Dans l'air froid de janvier, dans la douceur d'avril.

Seule, occupée à coudre en la maison déserte,
Tu frémiras, mon ange, et briseras ton fil
Quand je m'engouffrerai par la porte entr'ouverte.

COMME LA ROSE

Comme la rose, hélas ! que déjà l'on voit pendre,
Et le brillant insecte, et le merle enjoué,
La mort emportera cet amour grave et tendre
Dont je n'étais pas digne et que tu m'as voué.

Certain soir où l'automne engourdira ta peine,
Tu la croiras bien loin de ton corps sans vigueur,
Et tout à coup son souffle emplira ton haleine,
Sa main, brutalement, s'appuiera sur ton cœur.

Alors, le front fidèle où vivait ma mémoire
Prendra du marbre dur la froideur et l'éclat,
Et nous aurons vécu, nous serons de l'histoire,
Moi pour quelques grimauds, toi pour ton dernier chat !

MAX CREMNITZ, Imp.
PARIS